DE L'ÉTAT ACTUEL

DE

L'ESPRIT HUMAIN,

RELATIVEMENT AUX IDÉES ET AUX DÉCOUVERTES NOUVELLES.

OU

DE LA PERSÉCUTION

ATTACHÉE A LA VÉRITÉ ET AU GÉNIE.

PAR JEAN-JACQUES ROUSSEAU.

A GENÈVE;

Et se trouve A PARIS;

Chez VALLEYRE l'aîné, Imprimeur
Libraire, rue vieille Bouclerie.

M. DCC. LXXX.

AVERTISSEMENT

DE J. J. ROUSSEAU

AU LÉGATAIRE DE CE DISCOURS.

ON a appellé plusieurs de mes Ou-
vrages, *des déclamations*, entr'autres mes
Discours sur les Lettres & les Mœurs,
& sur l'Inégalité des Conditions. En
voici un où je me suis occupé de prouver
plusieurs grandes vérités par le raison-
nement le plus suivi, par la Logique la
plus serrée, par un enchaînement de dé-
monstrations morales aussi concluantes
& aussi incontestables que les démons-
trations les plus Géométriques. L'Éloquence, sans doute, en aura beaucoup
souffert : mais laissons prononcer ce juge-
ment à mes Détracteurs. Si, dans cette
nouvelle production, la raison appuyée par
la justesse & par la force, éclaire les esprits

fur des vérités qui les bleffent encore plus
que celles que j'ai montrées autrefois,
vous verrez qu'ils m'aimeront mieux Dé-
clamateur.

Avertiſſement de l'Editeur.

Peu de mois avant ſa mort, le cé-
lèbre J. Jacques à qui je communiquai
quelques parties d'un écrit où j'avois dû
néceſſairement parler de lui, voulut bien
me donner pluſieurs marques d'une eſtime particuliere. Quelques jours après
il m'envoya le Diſcours ſuivant, en me
priant de ne le faire imprimer qu'après
ſa mort, & d'attendre le moment qui me
paroîtroit le plus convenable. Je ne crois
pas devoir priver le Public plus long tems
du dépôt que cet homme illuſtre a bien
voulu me confier.

DE L'ÉTAT ACTUEL

D E

L'ESPRIT HUMAIN;

RELATIVEMENT aux Idées & aux Découvertes Nouvelles.

QUELLE fatalité inconcevable attache la persécution aux hommes de génie ?

Comment se fait-il que pendant que le désir de connoître, de savoir & de découvrir, paroît la passion dominante de l'esprit humain, tous les hommes s'élevent avec acharnement contre toute idée neuve, contre tout système nouveau, contre toute découverte ?

Comment se fait-il que tous les écrits, tous

A iij

les difcours, & toutes les Affemblées des Corps
retentiffant des mots *Vérité*, *Lumieres*, *perfec-*
tion de la raifon humaine, il ne fe préfente pas
un feul homme annonçant une vérité ou une
lumiere nouvelle, il ne s'annonce pas un feul
Inventeur, il ne fe montre pas un feul individu
difpofé à faire faire quelques pas à la raifon, que
tous les corps, tous les écrits, tous les difcours
ne s'élevent contre lui, & particuliérement ceux
qui devroient défirer plus vivement la réalité de
cette invention, de cette perfection, de cette
découverte; ceux qui par le genre de leurs
études, par l'efpèce de leurs connoiffances, &
par l'état qu'ils profeffent, devroient être plus re-
connoiffans des richeffes qu'on leur apporte?
Quelles peuvent être les diverfes raifons de cette
étonnante bizarrerie, de cette incompréhen-
fible inconféquence, de cette cruelle abfurdité?

Il faut, pour les bien comprendre, examiner
d'abord quel eft l'état actuel de l'efprit humain
relativement aux idées neuves & aux nouvelles
découvertes.

Tout retentit des plus fuperbes éloges fur les
progrès immenfes de nos connoiffances & de
nos lumiéres. On ne parle que de la fupériorité
de ce Siécle Philofophique. Ceux qui analyfent la
rivalité des Anciens & des Modernes, paroiffent

croire que les derniers ont atteint aux dernieres limites de la raison humaine ; & s'ils ne peuvent pas se refuser à la juste admiration dûe aux Siécles d'Aristote & de Virgile, tout ce qu'ils paroissent pouvoir faire pour eux, c'est de les admettre à une sorte d'égalité. Ceux qui font des Traités & des Discours sur le *beau*, & qui veulent appuyer par des exemples leur théorie sur la beauté essentielle & invariable des choses, avancent que l'Esprit Humain n'est susceptible que d'un certain dégré de perfectionnement, & que les hommes de tous les tems qui avec les mêmes moyens & le même génie ont couru les mêmes carrières, font demeurés à peu-près au même niveau, ont eû un dégré de mérite à peu-près égal. Ceux qui ont cherché à approfondir & à analyser l'État actuel de l'Esprit Humain, se font cru autorisés à prétendre que tout a été dit, qu'on n'invente plus rien, qu'il n'y a plus d'idées neuves, & qu'on ne fait plus que rendre les mêmes choses en d'autres mots & sous de nouvelles formes.

Cette opinion très-spécieuse & très-accréditée est une des plus funestes à l'espèce humaine ; elle fortifie & perpétue les obstacles les plus puissans à la félicité générale. Cette erreur est tout-à-la-fois le résultat de mille erreurs qui l'ont précédée

& la caufe principale de mille autres erreurs qui l'ont fuivie.

Si vous mettez à côté de cette opinion fatale celle qui a perfuadé à la plûpart des Ef-prits, que les hommes font incorrigibles, vous connoîtrez peut-être les. deux maladies morales les plus corruptrices du cœur humain, les deux ennemis les plus dangereux du bonheur public.

S'il n'eft pas vrai que les hommes foient incor-rigibles, comme je l'ai déjà démontré, & comme je le démontrerai d'une maniere encore plus éten-due par la fuite, il eft encore bien moins vrai que tout ait été dit, & que l'Efprit Humain ait at-teint les dernieres limites où il puiffe arriver. Je dis *qu'il eft encore bien moins vrai*; car fi l'on pou-voit démontrer que les. hommes ont toujours été les mêmes, que leurs vices & leurs crimes ont tou-jours été auffi nombreux, leurs fottifes, leurs folies, leurs méchancetés auffi exceffives, démonftration abfolument impoffible à donner, puifqu'on peut précifément donner celle du contraire, il me ref-teroit à dire que cette conftance, cette opiniâ-treté & cette fimilitude de leur part dans le mal, ne viendroient que de ce que *tout n'a pas été dit*, & bien plus encore de ce que *tout n'a pas été fait*.

Jettons donc un moment les yeux fur ce qui manque encore à l'Efprit Humain, & indiquons rapidement une petite partie des fources où il peut puiſer les idées neuves les plus importantes.

Suppoſons un inftant que les Arts, les Sciences ayent atteint leur dernier dégré de perfection ; que la Littérature dans chaque genre ait produit les différens chefs d'œuvres dont elle eft fuſcep-tible, il refteroit encore à faire la plus impor-tante de toutes les choſes, celle de donner à tous ces objets un grand but, un but moral & de pre-miere importance pour la félicité des Nations. Les hommes ont accumulé une grande fomme de matériaux qui ne devroient fervir qu'à la for-mation de leur bonheur ; mais ils n'ont point encore élevé l'édifice ; & ils ont la bonté de prendre les matériaux pour l'édifice lui-même ; perſonne même ne les a inftruits encore de cette fatale mépriſe ; & ce que je dis ici, qu'il étoit ſi aiſé de penſer & d'apprécier, eft déjà une choſe nouvelle.

Il refte à la raiſon humaine à trouver quel eft le plus précieux uſage qu'elle puiſſe faire d'elle-même ; il lui refte à examiner s'il eft bien vrai que les Arts, les Sciences & la Littérature ayent atteint leurs dernieres limites ; ſi au contraire en fuivant les chemins nouveaux qu'elle découvrira, il ne lui refte pas encore de grandes portions de

l'espace à parcourir. Il lui reste à considérer quels
sont les plus précieux de ses moyens & les effets
les plus utiles auxquels elle peut prétendre. Il reste
aux hommes enfin à parcourir la plus grande & la
plus importante moitié du cercle que l'intelligence
humaine puisse espérer de décrire. Ils ont été savans, il leur reste à être sages. Ils ont été spiri-
tuels, il leur reste à être heureux. S'ils ont touché,
comme vous le dites, les dernieres bornes de
l'Esprit & de la Science, ils ont à peine fait le
premier pas dans la carrière de la sagesse & du
bonheur : tout sera donc nouveau de ce qu'on
dira pour montrer aux esprits prévenus de ce
siécle, 1°. quelles ont été les causes de cette fausse
marche de l'Esprit Humain : 2° quels sont les
moyens de la rectifier : 3°. quel est l'emploi le
plus utile qu'on puisse faire de ce qu'on sait &
de ce qu'on a découvert : 4°. ce qu'il faut encore
apprendre & découvrir : 5°. quelle fin universelle on doit se proposer, & par où on peut espérer d'y arriver.

Examinons d'abord quelles ont été les causes
de cette fausse marche de l'Esprit Humain. Cet
examen seul nous donnera la solution de la question que nous nous sommes proposée ici, savoir
quel est l'État actuel de l'Esprit Humain relative-

ment aux idées neuves & aux découvertes nouvelles (*a*).

Dans tel système qu'on puisse embrasser sur l'origine des Sociétés, ce sera une vérité également évidente, que les Arts, les connoissances n'ont paru parmi les hommes qu'après les besoins, la force, l'amour-propre & l'injustice : ainsi dès leurs premiers pas, ces Sciences & ces Arts ont trouvé une partie de leurs ennemis capitaux tout établis dans le monde. L'Industrie, fille de la Nécessité, a forgé des instrumens ; le hasard à enseigné des propriétés ; la mémoire a compilé des notions ; la réflexion les a mises en ordre ; le génie a imaginé des systêmes ; le grand homme a découvert des vérités utiles. Mais l'homme puissant, l'homme riche, l'homme fort, & l'homme injuste, qui n'ont été trop souvent qu'une même chose, ont aussi-tôt reçu d'une main le suc de toutes ces plantes, & repoussé de l'autre ceux qui l'avoient exprimé.

____

(*a*) Les Esprits justes & éclairés verront facilement que les Sections 2, 3, 4 & 5, seroient fort étrangeres à la question actuelle, & que leur développement appartient aux questions où on examinera ce qui manque encore à l'Esprit Humain ; quelles idées neuves il reste à lui donner ; & quelles choses nouvelles il lui reste à apprendre ; questions qui suivent immédiatement celle-ci, mais qui ne sont pas la même.

La paffion univerfelle a toujours été celle de
jouir ; très-peu d'hommes ont eu celle de connoître. Parmi l'efpece très-rare de ceux-ci,
chaque individu livré à un objet particulier,
eût été bien loin, même en recevant de la
part de la Société toute la protection & tous
les encouragemens néceffaires, de chercher
toute l'utilité de la Science ou de l'Art qu'il
avoit embraffé, de parvenir au degré de défin-
téreffement & d'impartialité indifpenfables pour
affigner à fa profeffion & à fon travail le rang
qu'ils devoient tenir dans la Hiérarchie des Sociétés, dans la férie politique des connoiffances
humaines, & d'envifager avec les yeux de
l'homme d'Etat, toute cette maffe de lumieres
vraies ou prétendues, pour les diriger avec fa-
geffe vers le bonheur réel de l'efpece humaine.
Mais au lieu d'en recevoir des encouragements,
il n'en a reçu que des dégoûts, il n'a rencon-
tré que des obftacles.

Préffé de fe diftinguer, avide d'obtenir la
fortune ou la confidération, l'homme, dans
chaque profeffion, ayant trouvé prefque tous
les premiers rangs de la Société ufurpés ou
diftribués par la violence, l'intrigue, l'injuftice,
l'ignorance heureufe ou le hafard aveugle, &
conduit à la vertu ou au talent moins par une

expreſſe volonté ou un calcul réflèchi, que par
des circonſtances imprévues, ou une deſtinée
impérieuſe, s'eſt hâté de lier ſon ſort à celui de ſa
République, d'y occuper une place & d'y être
compté pour quelque choſe.

Repouſſé de toutes parts par l'intérêt de tous,
qui combattoit le ſien, il a conſumé la plus
grande partie de ſes forces à prendre le poſte
qu'on lui refuſoit, ou à garder celui dont il
s'étoit emparé. Il fut donc contraint par la force
répulſive des autres, quand il ne l'eût pas été
par les aiguillons naturels de ſon amour-propre &
de ſon intérêt, il fut contraint à un combat né-
ceſſaire, à une défenſe indiſpenſable. Tout le
tems qu'il employa à cette lutte fut perdu pour
les progrès particuliers de ſon Art, & bien plus
encore pour les progrès de cette politique lé-
giſlative qui doit prendre ſes concluſions ſur
l'univerſalité des connoiſſances humaines, y
diſtinguer les mots & les choſes, en tirer le
plus grand réſultat & en appliquer les fruits à
la félicité publique. (a)

Il feroit aiſé, en voulant approfondir cet

____

(a) Perſonne juſqu'ici n'a ſeulement penſé à cette
politique & à ſes devoirs, dont j'indiquerai par la
ſuite toute l'étendue & tout le développement.

objet & en faire ici une question particuliere;
de démontrer que chaque individu a été réellement forcé de se conduire de cette sorte; de
travailler à l'établissement de sa propre personne, beaucoup plus qu'à celui de sa profession;
de rendre son individu recommandable plus que
son Art; de s'occuper de l'honneur de son nom
avant celui de sa science; & de mettre son
égoïsme aux prises avec l'égoïsme général, bien
plus que son savoir avec la vérité.

Or, si chaque particulier a dû être nécessairement entraîné par la nature des choses à se
conduire de cette sorte, qui pouvoit donc enfin sortir de file & mettre un terme à ce fatal
abus ? Loin que ce fût une chose facile & naturelle, on pourroit regarder comme une espece de
miracle en morale, qu'il soit seulement venu dans
l'esprit d'un homme *actuel*, de traiter la question
que j'agite ici, & que ce soit au milieu de ce
siecle expressément dévoué à l'égoïsme, que
quelqu'un quitte les rangs pour se soustraire à
son funeste ascendant, & entrer en lice contre
tous ces intérêts personnels. Et on osera vanter
la sagesse du Siécle & repousser les vérités nouvelles ! Et on osera publier que tout a été dit,
que les lumieres ont atteint leur plus haut point
d'élévation, & les hommes leur dernier dégré

de perfection, pendant que le défir, le défir seul de s'écarter de la route battue qui propage les erreurs & confacre les préjugés, eft devenu un phénomène pour nous ; pendant que le défir seul de s'éloigner du chemin frayé qui multiplie les Sectateurs opiniâtres des opinions établies & des maximes adoptées, eft une sorte d'attentat que l'Univers s'empresse de punir ; pendant qu'une seule pensée contraire à l'impulsion générale, eft véritablement dans l'état préfent de l'efprit humain une production contre nature, une singularité digne de tout notre étonnement, un résultat du hafard, ou de la Providence seule, par lequel tous les calculs de la politique ordinaire se trouvent brisés, & tous les chaînons connus de l'ordre moral interrompus.

S'il étoit fi difficile aux particuliers de sortir de ce cercle vicieux, à ceux même qui s'étoient dévoués à telle ou telle Science, dont leur ambition étoit fans doute d'étendre la circonférence ; par qui donc eût-il pu être apperçu & brifé ? Par qui ces erreurs euffent-elles pu être reconnues & ces vices réformés ? Par qui ce cours funefte eût-il pu être arrêté, & ramené à fa véritable direction ?

Seroit-ce par les Sociétés politiques & par leurs gouvernemens ?

Les Sociétés politiques, fur-tout depuis la chûte de l'Empire Romain, étoient entr'elles comme les particuliers étoient entr'eux. Elles étoient occupées comme eux de mille petits intérêts, de mille befoins preffans qui les détournoient des grandes vues & des grands deffeins. Les Souverainetés formées petit-à-petit & par des ufurpations ou des événemens fucceffifs, ont eû pour grande affaire jufqu'ici de fe donner une exiftence & de la conferver. Elles ont été trop occupées de cet objet pour pouvoir penfer à leur perfection intérieure ; & bien loin d'avoir pu protéger les divers moyens qui pouvoient la leur procurer, elles ne les ont pas connus, elles ne les connoiffent pas encore.

C'eft même de cette caufe principale que dérive celle dont je viens de parler ci-deffus. C'eft de cette impoffibilité générale où ont été les Souverainetés naiffantes de travailler à leur conftitution morale, de fe donner la compléxion robufte, qui n'eft produite que par une légiflation lumineufe, & de perfectionner le centre plutôt que de défendre ou d'embellir la circonférence, qu'eft née l'impoffibilité particuliere pour les individus de s'occuper effentiellement de la perfection réelle de l'Art ou de la

Science

Science qu'ils avoient embrassée, & du bien public auquel elle devoit conduire.

Si les Gouvernemens eussent été tranquilles & sages, s'ils avoient eu le tems de s'occuper de leur législation, s'ils en avoient conçu la haute importance, s'ils s'en étoient donné une, un des objets nécessaires de cette législation eût été la propagation & la perfection des connoissances utiles; & par conséquent, les particuliers respectables qui s'en seroient occupés, auroient non-seulement été mis à l'abri des inconvéniens innombrables, & de la lutte continuelle dont nous avons parlé ci-dessus, mais ils eussent été placés comme ils le doivent à un des premiers rangs de la Société civile.

Seroit-ce par les Compagnies savantes & par les Corps destinés à des professions particulieres, que ces maux pouvóient être réparés, & ces abus éteints ? Ces Compagnies & ces Corps se sont formés eux-mêmes dans les Monarchies modernes, comme ces Monarchies se sont formées dans l'Europe; sans Loix, sans principes, sans législation, sans but déterminé. Apres avoir été contraints de se former d'une maniere aussi vicieuse que les Empires, ils ont eu le dangereux inconvénient d'être entr'eux comme les particuliers; d'avoir à se donner une consistan-

B

ce, à établir leurs droits & leurs prétentions, à prendre un rang & à le ſoutenir, à acquérir des revenus & à ſe procurer les moyens de les augmenter, à combattre les prétentions & les attaques les uns des autres, à ſe faire des conſtitutions qui favoriſaſſent des prétentions préſentes & à venir.

D'après cela, il eſt aiſé de ſentir que ces Compagnies ont été bien éloignées de pouvoir porter les Sciences & les Arts au point d'élévation & d'utilité qu'elles peuvent atteindre.

Au lieu même de contribuer réellement à la perfection des connoiſſances humaines, & des objets pour leſquels elles ſont conſtituées, elles ont pu leur avoir été ſouvent fort préjudiciables. On va en comprendre facilement les raiſons.

Lors de leur fondation, elles trouvent les Arts & les Sciences à un certain degré, & les Individus qui les compoſent ont en eux la capacité & les talents néceſſaires pour les porter juſqu'à tel autre degré; mais paſſé cela, tout ce qu'on fait dès cet inſtant pour la perfection de ces mêmes connoiſſances ailleurs que dans leur Corps, eſt attentatoire à leurs intérêts particuliers; & ſi (comme il n'eſt que trop vrai,) chaque homme eſt toujours tenté de croire que personne n'en sait plus que lui, que son esprit est au moins égal à celui de tout autre, & que l'esprit humain ne sauroit aller au-delà des bornes qu'il a atteint lui même ; cette disposition est portée à un degré bien plus haut dans une Compagnie. L'ame d'une Compagnie, est le résultat général de toutes les prétentions, & de tous les amours-propres particuliers des individus qui la compoïent. Elle se croit en possession du dépôt de toutes les connoissances humaines, relativement à la profession qu'elle exerce ; elle se trouve toujours prête à rire de dédain, à quiconque ose vouloir lui enseigner quelque chose.

Si nul n'est mécontent de son esprit, comme on l'a dit, lors même qu'il n'a rien fait pour l'orner, l'étendre & le perfectionner, chacun est bien plus persuadé de son savoir lorsqu'il s'est long-temps environné d'*in-folio*, qu'il s'est pénetré de certaines théories, qu'il a entassé dans sa mémoire beaucoup de matériaux d'érudition, & qu'en s'appropriant laborieusement le savoir d'autrui, il n'a pas assez cultivé sa raison pour apprendre à redouter autant son orgueil que sa foiblesse. Cependant le particulier isolé qui est dans ces dispositions peut avoir des retours sur lui-même ; il peut dans un heureux moment, rabattre de la bonne opinion qu'il s'est inspirée ; il peut

dans quelques courts intervalles douter de fa
fublimité, fentir fa foiblesse, ne fe croire qu'un
homme, & fe ressouvenir avec Pope, que
l'homme n'est souvent qu'un ver de terre; il
peut du moins, fi fa préfomption a pris de trop
profondes racines pour être fufceptible de ces
fugitives variabilités, ne pas ofer la manifefter
fans restriction, craindre pour fon orgueil le
choc de l'orgueil d'autrui. Mais devenu membre
d'une Compagnie dont toutes les têtes font pref-
qu'auffi lumineufes que la fienne, fa préfomption
qui fe trouvoit déjà une bafe fi folide dans fon
propre cœur, fe raffermit & s'accroît en pro-
portion de la qualité & en raifon multiple du
nombre de fes Confreres. Chacun d'eux fait alors
le raifonnement de ce Recteur de l'Univerfité,
qui fe croyoit le premier homme du monde,
parce qu'il étoit le premier homme de fa
chambre. Chacun d'eux alors fe croit le premier
homme de fa Compagnie, & regarde fa Compagnie fans balancer comme le Corps le plus ref-
pectable & le plus utile de l'Europe. Toutes
leurs vanités particulieres font raffermies par la
vanité de tous. Aucun d'entr'eux ne craint de
mettre en action la haute opinion qu'il a de lui-
même, elle devient un devoir d'état. Il fe forme
alors un efprit de Corps, qui tient autant à la
nature des connoiffances relatives à leur profef-

fion qu'à leurs intérêts perfonnels. La Science n'eft autre chofe que ce qui eft fçu par leur Compagnie. La nature ne peut pas s'étendre au-delà des bornes que ces Meffieurs y ont pofées. Les découvertes qu'ils ne font point, font des chimères. Les vérités qu'ils ne connoiffent point, font des illufions. Les expériences qu'ils ignorent, font des preftiges. Les principes qu'ils n'admettent pas, font des abfurdités. Le génie qui paffe le leur, eft une extravagance.

Si la nature ne leur infpiroit pas cette manière de voir, elle leur feroit infpirée par ce caractere particulier de cupidité qui s'empare de tous les cœurs dans les tems de dépravation. S'ils n'étoient pas tout naturellement conduits à l'adoption de ces principes, par la trempe de l'efprit & de l'orgueil humain, ils le feroient par le calcul réfléchi de leurs intérêts perfonnels. Mais la plupart font dans la plénitude de la bonne-foi à cet égard ; je me plais à le croire & je me le perfuade facilement. (a) Ce font feu-

____

(a) Le degré de colere *fincere* qu'ils prendront à cette lecture, fera égal à leur degré de bonne-foi. Car plus ils auront de confiance dans leurs lumieres, plus ils feront excités à la perfécution du génie par l'orgueil & non par l'intérêt ; plus auffi ils me taxeront d'erreur ou d'injuftice, plus ils fe tiendront offenfés de

lement ceux d'entr'eux qui ont affez approfondi
le cœur humain, affez médité fur la nature actuelle de l'homme & des chofes, pour connoître la vérité de ce que je viens d'avancer, qui
fuivent la voix de leur paffion, & font par le
défir de leur gloire & de leur fortune, ce que
les précédens font par une perfuafion fincere.

Ces deux difpofitions des efprits leur font
naturelles dans tous les tems; mais elles font
bien augmentées, elles deviennent bien plus
conféquentes, quand certains progrès réels,
certaine prévention, certain enthoufiafme, certains préjugés, certains preftiges Oratoires ou
Philofophiques, en ont impofé à ces Compagnies, au point qu'elles croyent être parvenues
à connoître & à favoir ce qu'il y a de plus pro-
fond & de plus lumineux; quand certain caractere particulier du fiécle imprimant un efprit
général de doute & de pirronifme, donne en
même-temps une confiance infinie & des prérogatives fans bornes à l'intelligence humaine,
& conduit infenfiblement tous les contempo-

---

ce que je dis en ce lieu. Quant aux autres, s'ils fe
fâchent, ce ne fera que d'une feinte colere ; & fachant
fort bien dans le fond de leur cœur que j'ai raifon,
ils feront offenfés non pas de mon injuftice, mais de
ce que je démafque la leur.

rains à se défier de tout, excepté de leur pro‑
pre raison, qui est cependant la chose du monde
à l'occasion de laquelle la défiance est la plus
juste & la plus nécessaire.

Ces dispositions des Esprits, malheureuse‑
ment naturelles dans tous les tems, sont bien
augmentées encore & deviennent bien plus
dangereuses, lorsque les Empires se corrompent
& parviennent à des degrés de dépravation
qu'on peut à peine croire; lorsque l'intérêt gé‑
néral est effacé de tous les Esprits; lorsque
l'amour de la fortune devient la passion domi‑
nante; lorsque l'avidité s'introduit dans tous les
cœurs; lorsque la vertu est ridiculisée, & l'amour
de la Patrie anéanti; lorsque l'égoïsme enfin
trouve des Philosophes pour défenseurs.

De ces causes, il résulte, que jamais la vé‑
rité n'a peut être été dans le cas de rencontrer
plus d'obstacles que dans ce moment. Tous les
Corps illustres, & toutes les Assemblées, les
Agrégations d'hommes célébres, ont établi &
reçu un certain nombre de principes universels
& d'opinions générales comme des vérités incon‑
testables; ils ont passé leur vie à les apprendre,
à les croire, à les enseigner, à les étendre, à
les perfectionner, à se faire une réputation, une
célébrité établies sur l'enseignement & la publi‑

cation des chofes, qu'ils ont penfées & écrites à cet égard, à acquérir par ce moyen un état & une confiftance dans le monde, à tenir par conféquent à ces opinions & à ces principes, par les liens les plus multipliés & les plus étroits. De-là ils n'admettent & ne reconnoiffent pour vérités que les propofitions qui ont de l'analogie avec leurs principes : tous ceux qui en établiroient de contraires, fuffent-elles de toute évidence, feroient sûrs de trouver des contradictions perpétuelles, des obftacles invincibles. Ils feroient affurés de rencontrer dans chaque membre de ces Corps, devenus les principaux diftributeurs de la gloire & des réputations, un efprit prévenu qui ne fauroit fuppofer le moindre mérite à des gens qui ne penfent pas comme lui, un Juge intéreffé qui fe gardera bien de donner crédit à des idées qui combattroient les fiennes, un raifonneur injufte & faux qui employera des fophifmes & abufera de fes prérogatives pour leur arracher les plus petits fuccès.

Les vérités phyfiques, les vérités mathématiques, les vérités politiques, les vérités morales, les vérités légiflatives, feroient peut-être toutes dans le même cas. Elles rencontreroient un égal nombre d'obftacles & d'ennemis. Elles trouveroient

toutes fur leur chemin des barriéres impénétrables
pofées par des Corps & des Compagnies chez qui
l'ignorance, l'habitude, l'intérêt, auroient confa-
cré des erreurs devenües néceffaires à leur confidération & à leur fortune. (*a*)

L'amour -propre de tous eft donc incontef-
tablement choqué, par l'apparition d'un être
extraordinaire. Tout membre d'un Corps, tout
homme livré à une étude & à une profeffion particuliere, défire d'occuper ie premier
rang, & fe perfuade aifément qu'il le mérite.
Tant que fes Confreres parcourent les routes
battues & marchent, lourds érudits, dans les
fentiers de leurs Prédéceffeurs, la valeur de tous
étant à peu-près égale, chacun peut facile-
mènt fe faire illufion & fe perfuader qu'il pof-
féde la plus grande. La premiere place n'étant
évidemment düe à perfonne, tous fe croyent
en droit de fe l'attribuer; mais lorfqu'un homme de génie fe préfente avec une découverte

____

(*a*) Les vérités hiftoriques elles-mêmes n'en font
pas exemptes. Elles rencontrent pour ennemis les
Rois qu'elles bleffent, les Miniftres qu'elles démafquent,
les Grands qu'elles humilient, les petits Seigneurs à qui
elles montrent des Héros lorfqu'ils ne veulent être
que des Courtifans; les noûveaux parvenus qu'elles
défefperent par le tableau des droits des Rivaux
qu'ils ont dépouillés.

utile, & qu'il veut enrichir la science qu'il a embrassée d'une idée neuve, tous ses Confreres se trouvent à l'instant partagés en deux bandes, également ennemies, quoique par des principes différens; l'une dont les membres de bonne-foi sont sincerement persuadés qu'ils savent tout ce que l'homme peut savoir, & que l'esprit humain ne peut aller au-delà du leur; & l'autre dont tous les individus qui la composent, inquiets que cet avantage public ne soit à leur détriment particulier, s'imaginent que la premiere place seroit bientôt donnée par la Nation à celui qui paroîtroit avoir été plus loin qu'eux dans la même carriere, à celui qui auroit ajouté son savoir particulier au savoir de tous. Alors ceux-ci s'abandonnent sans modération à cette funeste jalousie qui est si souvent l'apanage de l'homme. Jalousie monstrueuse & fatale, qui existe également parmi les mortels dans les tems de simplicité & dans les tems de dépravation, mais qui fait des progrès effrayans, lorsque les Empires sont arrivés à leur dernier dégré de corruption politique.

Cependant on pourroit faire sentir d'une maniére victorieuse aux uns & aux autres toute l'étendue de leurs torts.

A ceux qui croyent de bonne-foi qu'il ne

leur refte rien à apprendre, on leur diroit :

D'où vous vient cette confiance en votre favoir
& en vos lumieres ? N'avez-vous jamais réfléchi
fur la foibleffe de l'efprit humain & fur l'incer-
titude de nos connoiffances en tout genre ? Êtes-
vous affez peu inftruits, malgré toute votre préfomption, pour ignorer que ce n'eft que par le
fecours du doute philofophique que les hommes
font arrivés au dégré de lumieres qu'ils ont ac-
quis aujourd'hui ; & que ce doute univerfel qui
étoit fi néceffaire lorfqu'on l'a introduit dans
les fciences & dans la philofophie, & dont on a
peut - être fort abufé depuis en rendant tout
incertain & problématique, eft un inftrument
de perfection dont les Particuliers & les Corps
devroient être toujours armés, plus encore contre les illufions de l'amour-propre & contre les
délires de leur oftentation que contre leur pen-
chant à la fuperftition & à la crédulité ?

Avez-vous profondément confidéré fi l'erreur qui fait croire ce qui n'eft pas, ne feroit
pas moins humiliante peut-être & moins pré-
judiciable que celle qui empêche de croire ce
qui eft ?

Par la premiere, vous paffez les bornes de

l'efprit humain; par la feconde, vous reftez
en - deça. L'une vous éleve au-deffus de vous-
même, l'autre vous rabaiffe au-deffous. La premiere augmente vos richeffes, vos facultés, votre
puiffance, vos moyens, votre intelligence, au
moins en imagination (eh! prefque tout ne git-il
pas dans l'imagination?) & la feconde les diminue
au point de vous arracher ce qui vous appartient
réellement. Celle-là rehauffe aux yeux des autres
& aux vôtres même l'opinion que vous avez de
l'homme moral; celle ci la flétrit & la dégrade.
L'erreur qui fait croire ce qui n'eft pas, eft une
difpofition de l'ame à s'élever, à s'érendre, à ne
pouvoir rien fupporter qui limite fon activité
& qui arrête fes élans; l'erreur qui empêche de
croire ce qui exifte, eft une difpofition de l'ame
à fe rétrécir, à fe concentrer. De l'une naiffent
les Héros, de l'autre naiffent les Égoïftes. (a)

Qui d'entre vous ofera condamner ceux qui
calomnioient, ridiculifoient, ou perfécutoient
les Galilées, les Defcartes, les Hervay, &c. fi
vous vous conduifez à l'égard de vos contempo-

____

(a) Si je voulois fuivre ici l'analogie & développer
dans toute fon étendue cette idée, fes divers rapports,
& fes nombreufes conféquences, je fens qu'elle four-
niroit des chofes étonnantes.

tains de la même maniere qu'on s'est conduit en-
vers eux ? Tout homme de génie qui arrive
maintenant parmi nous , peut se ressouvenir que
le bon Evêque Vigile a été poursuivi pour nous
avoir enseigné l'existence des Antipodes; que Ro-
ger Bacon , que Galilée & Toricelli ont été traités comme des foux dangereux; que le Chan-
celier Bacon, cet aigle de la Philosophie , savoir
d'avance qu'il ne seroit point senti par son siécle;
que Descartes écrivoit avec raison qu'il y avoit tout
au plus trois hommes en Europe en état de l'entendre, & qu'il fut obligé de quitter la France
parce qu'il commettoit le crime si peu pardonné
jusqu'ici , d'humilier ses concurrens & d'hono-
rer sa Patrie ; que J. J. a été long-temps sans asyle
& toujours dans l'obscurité & dans l'infortune ;
qu'il n'a pas tenu à nous que nous n'ayons repoussé dans l'oubli toutes les sublimes découvertes de Newton & étouffé toutes les lumieres
répandues sur nous par les Grands-Hommes des
deux Siécles qui s'écoulent ?

Qui ne croiroit, qu'en se ressouvenant de ces
funestes injustices, dans ce siécle si vanté pour sa
Philosophie & ses lumieres, cet homme de génie
ne dût se dire : *ces tems affreux sont passés ; il
n'en est plus ainsi parmi nous ; les talens y sont
accueillis & la vertu couronnée; les honneurs vons*

au-devant du mérite ; toute idée utile , toute découverte importante font sûres d'être récompen-
sées. Tout esprit supérieur, jouit du plus pur des
triomphes lorsqu'il se voue au service de la Patrie
& de l'Humanité. Qui ne croiroit qu'il ne dût être
dans cette persuasion & se tenir ce langage ? Eh
bien , oserai-je le dire à mes malheureux Con-
citoyens ?... il seroit au comble de l'erreur....
La nature humaine n'est point changée : à d'autres
hommes de génie pareils traitemens sont réservés.

On ajouteroit à ces hommes présomptueux :
à l'égard de toute idée neuve , vous êtes nécef-
fairement juges incompétens, puisqu'on ne peut
juger avec sageffe que ce qu'on connoît & ce
qu'on a examiné.

Ne vous a-t-on pas démontré que les
hommes n'ont d'estime sentie que pour les
idées analogues aux leurs ; qu'ils ne sentent
la valeur réelle du mérite que lorsqu'ils ont un
mérite égal , & qu'ils ne savent estimer dans
autrui que leur image & leur reffemblance ?

N'éprouvez-vous pas tous les jours vous-
même à l'égard des connoiffances que vous pof-
fédez, que ceux qui ne les poffédent pas comme
vous , ne peuvent vous apprécier avec équité ?
Ne vous appercevez-vous pas fans ceffe que la
plûpart des Esprits imprégnés d'une multitude

d'erreurs, guidés par leurs préjugés, par leur présomption, & bien éloignés de reconnoître la sphère étroite de leur génie, portent avec audace les jugemens les plus absurdes & se reposent dans leur sottise avec une confiance admirable? N'avez - vous point ri mille fois de l'ineptie humaine en vous voyant jugé sans appel, par des individus à qui l'ignorance, la prévention, ou une disproportion trop grande entre l'objet qu'ils vouloient juger & leurs lumieres, ne laissoient qu'une incapacité complette de peser vos opinions & vos principes? N'avez-vous pas vû cent fois l'ignorance sourire dédaigneusement aux assertions du savoir? n'avez vous pas été presque toujours repoussé par les esprits bornés toutes les fois que vous avez voulu leur faire adopter une idée supérieure à leur capacité? N'avez-vous pas été regardé par eux comme un extravagant, toutes les fois que l'empire de la vérité vous a fait oublier leur ineptie & a éxalté votre tête & vos Discours pour leur persuader par la force de vos raisonnemens, par la chaleur de votre éloquence, un principe qui passoit leur conception? N'avez - vous point considéré, si quelquefois la justice vous a été rendue, que vous ne l'avez dûe qu'à quelque heureux hazard qui a conduit près de vous certains hommes capables de sentir votre mérite

& en poſſeſſion de faire loi par leur avis ; certains hommes dont les lumieres étant ſuffiſantes
pour vous comprendre , ont eû en même-temps
aſſez de vertu pour vous rendre un témoignage
favorable , ou n'ont pas eû quelqu'intérêt de
vous le refuſer ? N'avez-vous point conſidéré
que la multitude alors n'a fait que ſe laiſſer en-
traîner ? Elle a cru ce qu'on lui diſoit ſans le ſentir ; elle n'a point raiſonné l'eſtime qu'elle vous
accordoit ; elle vous a ſtupidement admirés ;
machinalement préférés ; elle vous a loués
ſans vous juger ; le ſuffrage général n'a été
déterminé que par le ſuffrage particulier du
très-petit nombre de Juges compétens & déſin-
téreſſés.

Or , vous eſt-il donc ſi difficile après cela de
conclure que dans toute circonſtance ſemblable ,
on aura des réſultats ſemblables ? Vous eſt-il ſi
difficile de ſuivre l'analogie & de juger par
comparaiſon qu'avec de pareilles cauſes on aura
de pareils effets , & que vous devenez vous-
même peuple à l'égard de l'homme de génie
qui aura des idées étrangères aux vôtres ? de
l'homme à qui la méditation aura ſuggéré des
idées abſolument neuves, à qui le travail opiniâtre
ou un hazard heureux aura fait faire de nouvelles
découvertes ?

À ceux qui ont aſſez de lumieres pour connoître comme nous les vérités que nous venons
d'expoſer, mais dont le cœur corrompu par
l'égoïſme, les oblige à ſuivre ce qui leur eſt
dicté par leurs intérêts, & non ce qui leur eſt
preſcrit par leur raiſon; on leur diroit:

Comment pouvez-vous vous déterminer à
perpétuer ainſi l'erreur dans l'Eſprit Humain?
Comme ſimples particuliers, vous ſeriez impar-
donnables; comme membres de Corps inſtitués
pour perfectionner les Arts & les Sciences, que
ſerez-vous? comme membres de Corps inſtitués
pour étendre la ſphère des connoiſſances, que
ſerez-vous? Que ſerez-vous comme individus
expreſſément deſtinés par votre Nation, par
votre Roi, par votre Patrie, à chercher, à enſei-
gner la vérité? Comment pouvez-vous vous
avilir de cette ſorte à vos propres yeux, & dégra-
der à ce point votre intelligence & votre ame?
Eſt-ce à ce noble uſage que vous employez la
ſupériorité de votre Eſprit? Eſt-ce à de tels réſultats que vous réſerviez l'étendue de vos lumieres? Eſt-ce pour être de cette merveilleuſe
utilité à votre Patrie & à l'Humanité que vous
vouliez être ſi Savant?

Comment ne conſidérez-vous pas que s'il

ne s'agiſſoit même que de vérités de pure ſpéculation, de découvertes de pur agrément & de ſimple curioſité, vous ſeriez toujours coupables de *leze* Eſprit Humain; mais que s'il s'agit de vérités dont l'admiſſion touche de près la félicité générale, s'il s'agit de découvertes dont la publication & la pratique ayent des rapports directs avec la perfection morale ou phyſique des hommes, avec leur conſervation ou préſervation, vous vous rendez coupables du plus grand des crimes.

Comment parvenez-vous à repouſſer les remords de votre conſcience, à étouffer le cri de votre propre cœur ? Et ſi vous y parvenez par un talent dont il faut gémir, par une faculté étrangere à l'homme de bien & inconnue à la vertu, comment eſpérez-vous que votre injuſtice & votre mauvaiſe foi ne ſeront pas ſenties par les Eſprits auſſi clair-voyants que le vôtre ? Par tous ceux qui joignent aux mêmes lumieres que vous, le même eſprit d'intérêt, le même principe d'égoïſme qui les rend pénétrants ſur tout ce qui les entoure, leur fait juger les hommes avec plus d'habileté ou plus de fineſſe, leur fait découvrir les plus obſcures iſſues du cœur humain quand elles exiſtent, & leur fait ſoupçonner dans la conduite des hommes, des motifs secrets lors même qu'ils n'existent pas ? Comment espérez-vous qu'elles ne seront pas senties par ceux qui agissant comme vous & se conduisant par les mêmes maximes, n'ont, pour vous juger favorablement, qu'à se juger eux-mêmes ? Comment espérez-vous que votre mauvaise foi & votre injustice demeureront inconnues à ce petit nombre de Juges éclairés, qui, à toutes les vertus que vous n'avez pas, joignent aussi toutes les lumieres que vous avez, ou de plus grandes encore ? Comment espérez-vous qu'elles ne seront pas senties par ces esprits supérieurs, par ces Juges intègres & lumineux, qui à la longue, malgré leur petit nombre, entraînent toujours les esprits chez les Nations civilisées, déterminent les suffrages de la multitude & conduisent les Nations ? Comment ne voyez-vous pas que vos intérêts même seroient bien mieux suivis en faisant usage de toutes vos connoissances & de toutes vos lumieres, pour protéger avec la plus grande activité les découvertes utiles & les hommes de génie qui les font ; en profitant de tous les matériaux nouveaux que l'Esprit Humain a rassemblés autour de lui · de toutes les inventions & découvertes nouvelles, de la multiplication des vérités utiles ou des probabilités importantes, pour contribuer vous-même à la plus vaste, la

plus noble & la plus nécessaire de toutes les
opérations ; la restauration générale des connoiffances humaines ; la reconstruction fur un meil-
leur plan, de l'Edifice de la Société politique?

C'est alors que vous pourriez donner à vos
Corps la juste confiftance qu'ils n'ont point,
l'élévation qui leur conviendroit & l'utilité dont
ils font fufceptibles. C'est alors que vous pourriez élever vos Compagnies à ce dégré d'utilité
réelle, & par conféquent de confidération mé-
ritée qui eft la plus noble récompenfe de la vertu
ou du favoir. Alors on pourroit apprécier l'utilité de ces établiffemens. Alors vous rempliriez
véritablement l'objet qu'ils devoient avoir , &
vous fuivriez l'efprit qui devoit principalement
diriger leurs fondateurs. C'est alors que devenus
vous-mêmes les principaux & les plus folides
refforts des Gouvernemens, vous les éclaireriez
fur ce qu'ils auroient à faire à votre égard, & vous
les porteriez par une force imperceptible & invincible tout à la fois, à vous donner tout l'appui
que vous en devez attendre, & à mettre tous
leurs foins à tirer de vos travaux réunis, les
avantages immenfes qui pourroient en naître.
C'est alors que ces aggrégations d'hommes feroient réellement dignes du plus grand refpect.
C'est alors que vous donneriez à vos Corps une

existence imposante , & à vos Compagnies un caractere majestueux, une sanction morale & politique qu'elles sont bien loin d'avoir. C'est alors que vous mériteriez d'occuper les premieres places dans ces nouvelles Cités , dans ces nouveaux Empires où vous les tiendriez de la vertu & de la justice, au lieu d'en être presque toujours exclus , ou de ne les devoir qu'à la prévention , à l'ignorance publique, à l'intrigue, à la faveur, au hazard ou à la bassesse.

On diroit à la multitude ignorante & présomptueuse :

Ne savez-vous pas que l'homme du plus vrai génie qui apparoîtroit chez une peuplade de Sauvages , courroit risque d'être lapidé ? Que si le Savant , si le Philosophe ne rencontroit dans sa Patrie d'autres Philosophes , d'autres Savans pour l'accueillir, il n'obtiendroit que le mépris & la dérision ? Que seul au milieu des ignorants & des sots , il passeroit lui-même pour le sot & l'ignorant ? Or cette peuplade de Sauvages & d'ignorans existe encore dans toutes les contrées de l'Europe & au milieu des Etats les plus florissans. Elle y existe, bien plus fatale à l'homme de génie que dans les forêts du Canada. Dans ces forêts du Canada , l'on n'a à redouter que la simplicité des esprits qui n'ont aucune des idées

C iij

néceſſaires pour entendre le langage de la raiſon perfectionnée; mais chez les ſots de l'Europe, on a à redouter toutes les préventions des eſprits qui ont toutes les idées néceſſaires pour ne pas le comprendre. Les premiers ſont des corps ſains & droits à qui il faut ſeulement apprendre à faire uſage de leurs membres; ceux-ci ſont des tortus qu'il faut redreſſer, des boiteux qu'il faut faire marcher droit, des malades qu'il faut faire opérer comme des Êtres pleins de ſanté.

Chez ces derniers, l'aveugle préjugé, la prévention opiniâtre, ſervent ſeuls de guides. L'Homme de génie encore obſcur & ſans réputation, leur fait-il part d'une grande vérité, ils la repouſſent, la dédaignent & perſifflent ſon Inventeur. Le ſot déjà célébre, leur propoſe-t'il un menſonge groſſier, une abſurdité ridicule, elle devient l'objet ſubit de leur vénération.

Jamais conduits par la raiſon & par la vérité, ils n'adoptent une opinion que par le préjugé favorable qu'ils ont pour celui qui la leur propoſe. Mais ce préjugé n'eſt fondé que ſur ſa réputation; & ſa réputation dépend des jugemens de ſes Pairs. Or ſi ceux-ci ne rendent hommage à la vérité qu'après avoir conſulté leurs intérêts, s'ils n'accordent de réputation qu'à ceux qui ne

peuvent pas les éclipfer, & fi la multitude fans
moyens pour apprécier le mérite réel, ne le
mefure que fur l'étendue de la réputation, de
quoi faut-il s'étonner parmi les humains ?....
Il faut s'étonner..... de ce qu'il y a déjà quelques vérités admifes & quelques grands hommes reconnus pour tels.

On diroit à cette multitude qui s'ameute fans
retenue & qui éleve une voix inconfiderée &
dérifoire :

Si vous ne favez pas toutes ces chofes, fi ce
que je dis ici excite votre étonnement, à quoi
fert-il donc de vous inftruire ? A quoi fert-il de
vous inftruire fi vous oubliez toutes les leçons
qu'on vous donne ?..... Quel compte doivent tenir de vos éloges les Philofophes à qui
vous les prodiguez, fi vous détruifez ces éloges de
la maniere la plus manifefte en demeurant in-
vinciblement attachés aux erreurs diamétrale-
ment oppofées aux vérités qu'ils vous ont enfei-
gnées; fi par ce procédé abfurde & cruel, vous rendez illufoires & nulles la célébrité & la gloire dont
vous les avez couverts, puifque leur mérite & leur
gloire ne peuvent être attachés qu'à la découverte
heureufe & à l'enfeignement courageux, à l'expofi-
tion éloquente des vérités utiles dont ils ne peuvent être récompenfés que par votre empreffe-

ment à les connoître & à les adopter ? Quelle inconféquence enfin, quelle abfurdité font les vôtres
de combler d'éloges, d'élever jufqu'aux nues des
hommes que vous ne regardez apparemment que
comme des fous ou des imbécilles, puifque vous
vous piquez d'avoir des opinions entierement
oppofées aux leurs, & que vous employez toutes les reffources de votre opiniâtreté à perfifter
dans les idées dont ils ont démontré la fauffeté ?

Telle eft pourtant votre conduite à l'égard de
prefque tous & principalement (pour ne parler
que des Modernes) de Locke, Mallebranche,
Buffon, Condillac, Montagne, Helvetius, &
J. Jacques. Relifez-les attentivement & vous fen-
tirez toute la vérité de mes obfervations. Si vous
ne les avez pas lus, je vous demanderai pourquoi
vous les louez ? Si c'eft après les avoir lus que
vous vous extafiez en prononçant leurs noms &
que vous les comptez parmi les premiers hommes
de l'Europe, comme ils le font effectivement à
beaucoup d'égards, comment donc êtes-vous fi
abfurdes, fi inconféquens ou fi malheureux de ref-
ter profondément plongés dans toutes les erreurs
qu'ils ont combattues & détruites ? & que doit
répondre, que doit penfer de vous l'homme à
qui vous nommerez avec vénération Buffon,
Helvetius ou Locke, dans l'inftant où vous lui

tirez au nez, s'il défend contre vous, fans les
avoir cités, les principes de ces Grands Hommes?

Or une grande partie de ce que je vous ai dit
ci-devant fur la nature des Efprits, ne réfulte pas
feulement de mes propres méditations, il réfulte également de ce qui a été dit par les Philofophes que je viens de vous nommer.

Si au contraire vous favez comme moi toutes
ces chofes, fi vous êtes d'accord intérieurement
avec Locke, Buffon, Helvetius & Hume, fur
les principes d'où j'ai tiré ces vérités, que dois-
je penfer de vous lorfque je vous vois agir &
parler d'une maniere fi oppofée?

On pourroit leur dire à tous :

Ne voyez-vous pas que la conftitution générale des chofes eft telle que ces défordres y
font comme naturels; que rien jufqu'ici n'a pu
être autrement qu'il n'a été; que tout eft refté
ignoré de ce qui doit conduire chaque Art &
chaque Science à fon but réel; les Gouvernemens à leur véritable perfection; les Empires à leur profpérité effective, & les hommes par
conféquent à leur félicité certaine?

Comment donc les Corps, même les plus fufceptibles & les plus ombrageux, pourroient-ils fe
trouver offenfés de ce qu'on a eû le courage de

dire en ce lieu? Comment auroient-ils la bonté
de se faire une affaire particuliere de ce qui ne
peut être que la cause publique ?

Certains Principes doivent conduire à certaines conséquences. Certaines causes doivent
nécessairement produire certains effets. Quand
ces causes subsistent, on ne peut empêcher ce
qui doit en dériver inévitablement. La corruption, la dépravation générales sont des suites
nécessaires d'un grand nombre de principes des-
tructeurs *qu'on ne sçauroit empêcher d'agir* dès-
lors qu'on les laisse subsister. La mauvaise foi,
l'injustice, l'égoïsme, l'envie & la cupidité sont
des émanations naturelles de cette corruption
publique. Cette multitude innombrable d'hommes & de femmes sans mœurs, sans loix, sans
principes, remplis d'une considération stupide
pour tout ce qui est mal, & d'un mépris mo-
queur pour tout ce qui est bien, ne sont, pour
ainsi dire, *qu'un résultat de l'action générale.* Ils
suivent une impulsion qu'ils ne sauroient arrêter.
Ils sont entraînés par une force qu'ils ne con-
noissent point.

Bien plus dignes de nos larmes, que de nos
mépris, il faut les plaindre, & non point les in-
jurier : il faut arrêter, s'il se peut, le torrent

funéſte qui les entraîne; torrent dont ils ne con-
noiſſent ni la profondeur ni le danger, bien
loin d'en connoître la ſource. Il faut travailler à
tarir cette ſource; oppoſer une digue puiſſante
au cours impétueux qu'elle a formé; ralentir
la marche précipitée du navire qu'elle va en-
gloutir; reſpecter, malgré leurs injures & leurs
hoſtilités, les malheureux inſenſés qu'il contient;
& le ſauver, malgré les efforts qu'ils font pour
le conduire à ſa perte.

Mais pour y parvenir, les difficultés ſont
énormes; car dans une ſemblable conſtitution,
les hommes les plus honnêtes participent toujours un peu à la commune dépravation, ſans
pouvoir l'éviter, & par des motifs aiſés à ſentir par ceux qui auront ſérieuſement médité
ces objets.

Alors ces hommes ſont dans une ſituation
bizarre où l'on ne ſauroit s'en prendre à eux du
mal qu'ils font. Coupables de perfidie ſans être
eſſentiellement perfides; de ſcéléráteſſe ſans être
ſcélérats; de noirceurs ſans être méchans; ils
ſe livrent à tous les vices ſans être vicieux. Ils
protégent & ſuivent le mal ſans avoir la volonté de préférer le mal. Et voilà ce qui rend
la ſatyre toujours odieuſe, & toujours inutile;

voilà ce qui motive la circonspection du Philosophe & l'indulgence du Sage ; voilà ce qui
rend la vertu plus naturelle aux hommes véritablement éclairés , parce qu'ils savent que
l'homme est moins méchant qu'il ne le paroît , & qu'il ne faut combattre son ineptie
que par une constance invincible à l'éclairer ,
& son ingratitude que par la multiplicité des
bienfaits.

Tel est l'effet de la corruption générale. Elle
donne une impulsion universelle, & les plus fer-
mes sont entraînés. L'opinion de tous , le préjugé public , la maxime reçue , l'usage adopté ,
l'exemple universel, les principes *secrettement établis & publiquement suivis* , font que beaucoup
d'hommes sont à quelques égards purs par leurs
intentions, quoique souillés par leurs actions ,
& portent un cœur honnête au milieu des vices
auxquels ils se livrent.

Dans le tems des bonnes mœurs , il n'y a
que les hommes réellement méchans & vicieux
qui s'adonnent AU MAL. Mais dans les tems de
dépravation , l'homme reprend en quelque sorte sa *bonté naturelle* au milieu même des vices
& des désordres. Il a une sorte d'amour pour
le bien & pour la vertu , en même tems qu'il

ne fuit que le mal & le vice. Son cœur eſt bon pendant que ſes actions ſont mauvaiſes ; ſon eſprit aime & cherche la vérité, quoique ſes diſcours ſoient un continuel menſonge.

Ce ſeroit donc à tort qu'on s'en prendroit aux individus, & plus à tort encore qu'on s'en prendroit aux Compagnies qui les raſſemblent. Ce ſeroit donc à tort que ces Compagnies ſe feroient une affaire particuliére de ce qui dérive d'une multitude de cauſes générales.

Peut-être à la vérité quelques perſonnes ont-elles voulu les prendre à parti trop expreſſément. C'eſt en cela, nous oſons le croire, que M. Linguet a eu tort. De la maniere dont il s'eſt élevé contre les Corps, il les a mis en jeu comme Auteurs directs de ces maux, & comme reſponſables de tous les abus qui les ſuivent, au lieu de montrer qu'ils ne ſont en effet que des cauſes ſecondes, des êtres paſſifs, des réſultats indiſpenſables de la nature des choſes parmi nous & des ſuites néceſſaires de l'abſence & de l'ignorance de toute légiſlation.

C'eſt de cette même cauſe, de cette inexiſtence de légiſlation, que ſont venus les inconvéniens & les abus dont nous avons fait mention, ſoit à l'égard des Sciences, ſoit à l'égard des

Corps qui les profeſſent. Là ont également pris leur ſource la cruelle deſtinée des grands hommes & les obſtacles apportés à l'admiſſion des vérités & des découvertes utiles. Qu'on ne ſoit donc pas offenſé de ce que je dis en ce lieu où je ſuis obligé d'examiner la nature des choſes dans toute leur profondeur, & que les Compagnies & les Corps n'aient pas la foibleſſe de prendre pour des perſonnalités ce que je ſuis obligé d'indiquer dans l'analyſe raiſonnée de toutes les funeſtes dérivations de nos vices légiſlatifs.

C'eſt de l'ignorance générale en politique qu'eſt née l'erreur de ceux qui ont attribué ces effets à toute autre cauſe qu'à celles qui les ont produits réellement; c'eſt cette ignorance générale qui a retardé juſqu'ici la découverte de ces cauſes. C'eſt cette erreur univerſelle qui a dérobé à une multitude d'eſprits la connoiſſance même de leurs effets. C'eſt de cette même ignorance en politique qu'eſt venue l'injuſtice de nos Prédéceſſeurs à l'égard de ceux qui, plus éclairés qu'eux, ont voulu leur apprendre quelles étoient ces cauſes, leur montrer la liaiſon immédiate entre ces principes & leurs conſéquences, & leur mettre ſous les yeux cette vérité importante & nouvelle, que la plupart des hommes de ce ſiécle ſont conduits & pouſſés par une force qui leur eſt inconnue, & par des principes dont ils ne se doutent pas.

Oui, Messieurs, le véritable état actuel de la plupart des hommes de l'Europe est d'être entraînés par des causes qu'ils ignorent. Les plus instruits sont souvent dans ce cas, aussi-bien que les plus ignorans. Cette marche arrête continuellement les Esprits dans un cercle d'erreurs & de maux, repousse les vérités, décourage l'homme de génie qui les découvre, & impose silence au Sage qui les conçoit.

Si les succès sont réservés maintenant à l'avidité, à la bassesse, à la fourberie, à l'impudence ; si l'homme vertueux & éclairé est obligé d'opter entre la fortune & la vertu, & de renoncer à l'une ou à l'autre ; ces funestes effets naissent naturellement dans certains Gouvernemens de la corruption politique qu'on y laisse germer & s'accroître. Cette corruption politique est une force morale qui dirige les hommes & les fait agir à leur insçu avec autant de puissance que la force physique qui les fait tourner sans qu'ils s'en doutent, autour du soleil, par le mouvement diurne de la terre.

Comment cette force n'auroit-elle pas tout son empire ? comment les funestes effets de cette corruption politique n'existeroient-ils pas dans toute leur étendue ? Personne n'a encore

examiné les choses avec les yeux de l'homme
d'État & du Légiflateur. On n'a confideré encore,
ni les Lettres, ni les Sciences, ni les Arts par
le côté où ils doivent tenir à une fage Légiflation, & ajouter à l'utilité de fon action générale, au lieu de l'altérer ou de la combattre.

La conftitution morali-politique de chacune
des Profeffions qui s'exercent parmi vous, eft
telle que ceux qui les embraffent, font comme
forcés de fuivre leur intérêt perfonnel, plutôt
que l'intérêt public, & d'étouffer même les fen-
timens & les idées de bien général & d'amélio-
ration de la chofe, qu'une ame élevée & un efprit éclairé pourroient leur infpirer. ....Bien loin
d'avoir porté remede à ce vice deftructeur, vous
ne l'avez pas même remarqué .... Vous n'avez
pas fçu voir que ceux qui embraffent ces profeffions parmi vous, font comme contraints d'é-
touffer ces germes de bien par des confidérations
de corps, de petites vues particulieres, des ré-
fultats d'efprit de parti, des ménagemens pour une
Secte, des déférences pour un fyftême protégé,
en un mot, par des motifs fi vicieux, fi bas, ou
fi puérils, mais fi dangereux & fi multipliés,
qu'il en réfulte le plus grand mal public, & qu'il
en réfulteroit la continuation perpétuelle de ce
malheur horrible, l'extenfion fans bornes de ce
défordre

désordre général, si quelques hommes enfin n'avoient assez de courage pour braver tous les efforts & tous les obstacles.

Quelqu'un parmi vous s'est-il seulement arrêté à examiner sérieusement l'influence des Lettres & des Arts sur la morale & sur la politique, & l'influence de la politique & de la morale sur le bonheur des hommes & le destin des Empires ? A peine un homme a-t-il voulu s'en occuper un instant & développer les idées les plus élémentaires (*a*) de cette question, que toutes les voix se sont élevées contre lui, & qu'il a été regardé comme un visionnaire.

Avez-vous quelqu'établissement politique qui puisse faire contracter à vos gens d'esprit l'obligation de ne s'adonner à la Littérature que pour devenir meilleurs Citoyens ; de ne se rendre savans que pour être plus utiles à l'humanité ; de ne se présenter à la porte de vos Corps & de vos Académies que pour mieux servir leur Patrie ?

____

(*a*) Je dis *les plus élémentaires*, car je prouverai que ce qui a été écrit sur cet objet, tout excellent & tout éloquent qu'il est, & qui a été si ridiculement critiqué, n'est encore que l'alphabet de la raison & de la politique.

D.

Loin que ce soit cet esprit d'utilité publique qui les conduise, toute idée neuve offense ceux qui ne l'ont point eue. Ils jugent qu'une pensée qui ne leur est point venue, est hors du cercle de la raison humaine. La découverte qu'ils n'ont point faite, ne peut être qu'une absurdité ou une folie. Celui qui nous assure une chose que nous n'avons jamais sçue ni imaginée, nous paroît un insensé ou un imposteur. De-là on persécute ceux qui hazardent la moindre vérité. On arrête dès leur premier pas ceux qui, partis d'un nouveau point, & secondés dans leurs heureux apperçus, pourroient se livrer à un travail important. On décourage au premier témoignage de leur zèle ceux qui voudroient s'écarter de la route battue, parcourir une carrière nouvelle & arriver à des buts différens.

La funeste maxime qui s'est assez généralement établie en Europe, ainsi que je l'ai dit ci-dessus, maxime qui prétend que tout a été dit, qu'on ne fait plus que glaner, qu'abonder en son sens & tourner sans cesse dans le même cercle, est une des *principales* causes de ces maux & de ces abus, & *principalement* de cette présomption pernicieuse dont trop souvent les meilleurs esprits & les esprits les plus médiocres sont également imbus.

S'il étoit ainfi, s'il étoit vrai que tout eût
été dit, la claffe d'hommes qu'on appelle des
Hommes de Lettres & des *Ecrivains*, feroit, je
ne crains pas de le dire, ce qu'il y a de plus oi-
feux & de plus inutile fur la terre. Mais j'ofe avancer, que rien ou prefque rien n'a été dit encore
de ce qu'il y a de plus important dans l'efprit
humain & de ce qu'il eft le plus néceffaire aux
hommes de favoir. Beaucoup de moyens ont
été accumulés, mais pas un Sage encore ne les a
mis en œuvre. Dans la Phyfique comme dans la
Morale, dans la Politique comme dans la Mé-
taphyfique, dans la fcience de gouverner
comme dans la fcience d'obéir, nous avons eu
beaucoup de Maçons, & pas un Architecte.
Ceux qui ont prétendu l'être, n'ont eu pour
la plupart, ni les talens, ni les lumieres qui pouvoient les rendre dignes de cet honneur; d'autres y ont prétendu dans des tems où leurs matériaux étoient trop peu nombreux & trop foi-
bles encore pour que leur plan pût être affermi
fur une bafe folide. Une vafte imagination les
a entraînés avant que le calcul, l'examen & la
réflexion leur eût donné des points fixes & des
fondemens affurés. La fcience la plus néceffaire
aux hommes, la plus importante aux Empires,
celle de la légiflation, la fcience fur laquelle
toutes les autres doivent s'élever & s'affermir

celle qui feule peut donner une bafe folide à l'é-
difice du bonheur public & des fciences qui y
contribuent, eft la moins avancée de toutes;
c'eft celle qui eft encore la plus voifine de fon
berceau, la plus inconnue, la plus ignorée. Les
Arts même dont les progrès paroiffent le moins
fufceptibles de conteftation, ne fe font perfec-
tionnés que par le pur hazard, n'ont été diri-
gés vers aucun but utile, n'ont été accompa-
gnés d'aucune moralité, n'ont reçu aucune im-
pulfion de la part de la Société civile, n'ont ob-
tenu, fur-tout chez les Nations modernes, aucune
fanction morale de la part du Légiflateur; &
cela eft tout fimple, puifque chez les Nations
modernes il n'y a point encore eu de Légiflateur.

Il eft donc évident que les connoiffances
humaines n'ont pu jufqu'ici être portées à leur
dernier dégré de perfection, ni par les particuliers, ni par les Corps, ni par les Gouvernemens,
& que ce feroit avec le plus grand tort & le
plus grand danger qu'on s'enorgueilliroit de ce
qu'on fait, qu'on dédaigneroit les découvertes,
qu'on s'imagineroit qu'il ne peut plus y avoir
d'idées neuves, qu'on croiroit que la raifon
humaine a atteint fes dernieres limites.

Il eft également évident dans tout ce que

nous venons de démontrer, que par l'Etat actuel de l'Esprit Humain, la plupart des hommes sont nécessairement conduits à l'orgueil, à la présomption, à la confiance en leur propre savoir, au mépris ou à la haine du savoir d'autrui. Ils sont conduits à se persuader qu'ils ont toutes les lumieres qu'on peut avoir, & que les connoissances humaines ont été portées à leur plus haute perfection : ils sont conduits soit par les risibles préjugés de l'ignorance, soit par les innombrables aiguillons de la vanité, soit par les conseils honteux de l'intérêt, à rejetter les découvertes, à persiffler les inventeurs, à éloigner les hommes de génie, à s'imaginer ou à feindre qu'il ne peut plus y avoir d'idées neuves, à regarder comme impossible ou comme ridicule tout ce qui passe leur portée ; à ranger parmi les chimères toute proposition nouvelle tant qu'elle n'est point admise, & que les circonstances les favorisent dans les obstacles qu'ils suscitent à la chose ou à l'Auteur, & à la regarder ensuite comme vulgaire & connue dès qu'elle a été admise, dès que les circonstances ont favorisé son établissement : ils sont conduits enfin à croire la raison humaine trop élevée maintenant & trop sublime pour qu'on puisse rien lui enseigner désormais, & à envisager leur gloire, leur fortune perſonnelles comme des choſes trop importantes au genre humain, trop juſtement établies & trop ſacrées pour qu'il doive être permis à des *inconnus*, à des *individus iſolés*, de venir en interrompre le cours & en retarder la marche.

Il eſt donc inconteſtable auſſi & de toute évidence, que l'Etat actuel de l'Eſprit Humain, eſt, on ne peut pas plus contraire à la véritable perfection politique & morale de l'homme & des Empires, & qu'à chaque inſtant la vérité & le génie courent les riſques, l'une d'être méconnue, & l'autre perſécuté.

FIN.